# Papás por todo el mundo

Lada Josefa Kratky

D0584206

NATIONAL GEOGRAPHIC LEARNING | CENGAGE Learning®

Es mi papá.

Es mi papá.

Es mi papá.

Es mi papá.

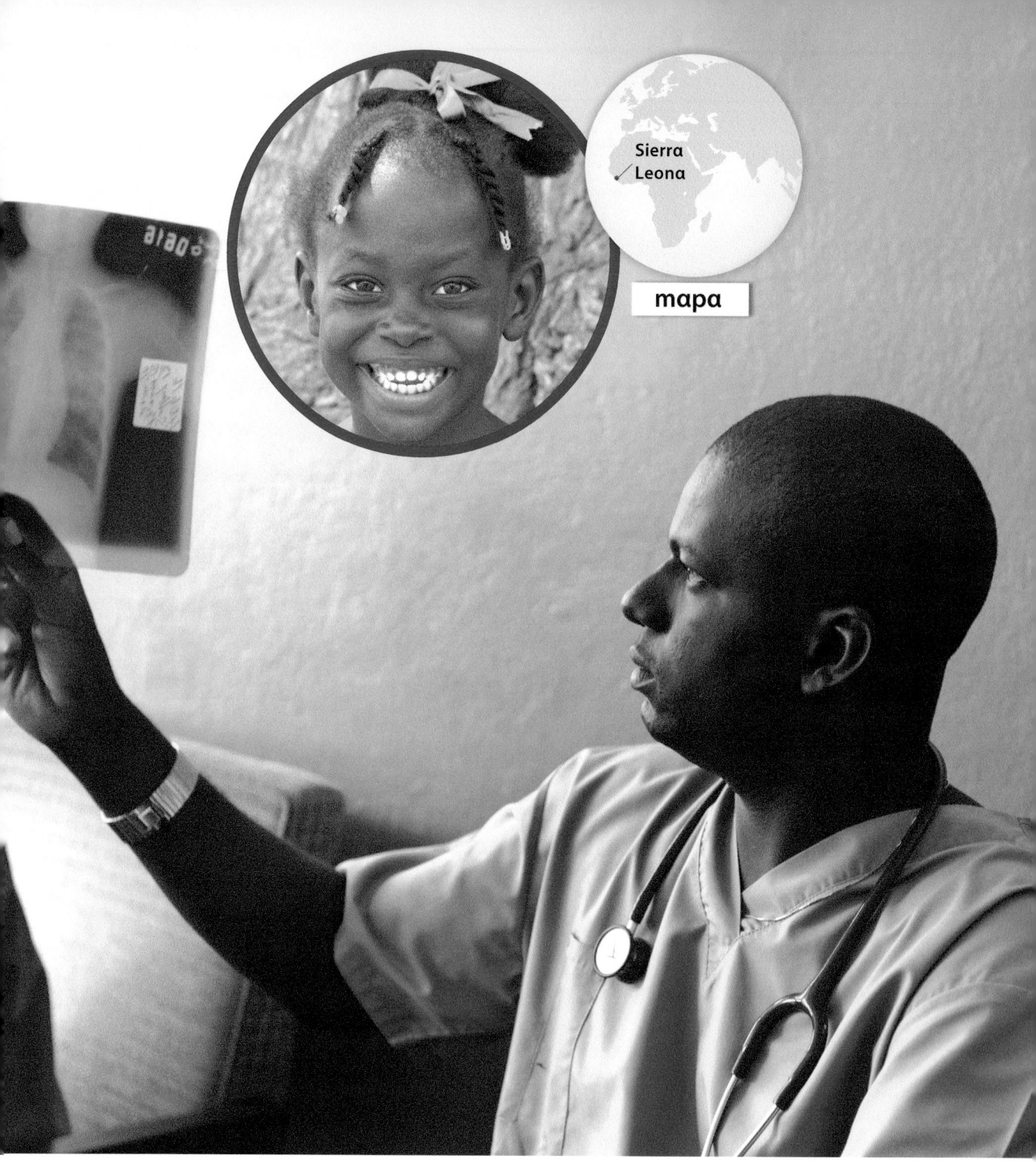


Es mi papá.

mapa

# Es mi papá.

¡Es mi papá!